PROFESOR ANDREWS W WARSZAWIE

WYSPA

OLGA TOKARCZUK

PROFESOR ANDREWS W WARSZAWIE

WYSPA

Wydawnictwo Literackie

PROFESOR ANDREWS W WARSZAWIE

Profesor Andrews był przedstawicielem jednej ze szkół psychologicznych, bardzo ważnej, bardzo wnikliwej, mającej przed sobą przyszłość. Jak prawie wszystkie takie szkoły, wywodziła się z psychoanalizy, ale zerwała z korzeniami, opracowała własną metodę, własną teorię, własną historię, styl życia, śnienia i wychowywania dzieci. Profesor Andrews leciał teraz do Polski z torbą książek, z walizką ciepłych rzeczy — powiedziano mu, że grudzień w Polsce jest wyjątkowo mroźny i nieprzyjemny.

Wszystko działo się najzupełniej naturalnie: samoloty startowały, ludzie rozmawiali ze sobą w różnych językach, ciężkie grudniowe chmury przygotowywały się do zimowej komunii — zesłania na ziemię milionów białych płatków śniegu, każdy dla jednego istnienia.

Godzinę przedtem spojrzał na siebie w lustrach na Heathrow i wydało mu się, że wygląda jak komiwojażer — pamiętał ich z dzieciństwa: chodzili od domu do domu i sprzedawali Biblię. Ale szkoła psychologiczna, którą reprezentował, warta była takiej wyprawy. Polska to kraj inteligentnych ludzi. Chodziło o to, żeby zasiać ziarno i wrócić do domu po tygodniu. Zostawić im książki, czytają przecież po angielsku, więc jakże się będą mogli oprzeć autorytetowi Założyciela.

Profesor, sącząc zrobionego przez stewardesę drinka ze słynnej polskiej wódki, przypominał sobie z zadowoleniem sen, jaki miał noc przed wyjazdem — a sny w jego szkole psychologicznej były papierkiem lakmusowym rzeczywistości. Otóż śniła mu się wrona, bawił się w tym śnie z dużym czarnym ptakiem. Można powiedzieć, tak odważył się przyznać sam przed sobą — pieścił się z wroną jak z małym szczeniakiem. Wrona w systemie znaczeń onirycznych jego szkoły reprezentowała zmianę, coś nowego, dobrego: poprosił więc o drugiego drinka.

Lotnisko w Warszawie było zaskakująco małe i pełne przeciągów. Pogratulował sobie pomysłu zabrania w tę podróż czapki uszanki, którą miał jako pamiątkę jeszcze ze swoich podróży do Azji. Od razu zobaczył swoją Beatrycze — stała przy wyjściu, trzymając przed sobą kartkę z jego nazwiskiem i imieniem. Była nieduża i ładna. Wsiedli do rozklekotanego samochodu i ona, prowadząc nerwowo przez smutne rozwlekłe przestrzenie miasta, przedstawiała mu plan najbliższego tygodnia. Dziś jest sobota, dzień wolny od pracy. Zjedzą razem kolację i on odpocznie. Jutro, w niedzielę — spotkanie ze studentami na uniwersytecie. Tak, powiedziała nagle, jest tu trochę nerwowo. Wyjrzał przez okno, ale nie zauważył niczego szczególnego. Potem wywiad do pisma psychologicznego, potem kolacja. W poniedziałek, jeśli chce, może zwiedzić miasto. We wtorek spotkanie z psychiatrami w jakimś instytucie, nie był w stanie zapamiętać szeleszczącej nazwy. W środę jadą do Krakowa na uniwersytet. Szkoła psychologiczna profesora Andrewsa cieszy się tam wielkim poważaniem. W czwartek — Oświęcim, sam o to prosił. Wieczorem powrót do Warszawy. W piątek i sobotę całodniowe warsztaty dla psychologów praktyków. W niedzielę wylot do domu.

Dopiero teraz zorientował się, że nie ma swojej torby z książkami i bielizną. Zawrócili pospiesznie, ale bagaż zniknął. Dziewczyna o imieniu Gosha poszła gdzieś i nie było jej pół godziny. Wróciła z pustymi rękami. Być może torba wróciła do Londynu. To nic, powiedziała, przyjedzie po nią jutro, na pewno się znajdzie. Patrząc przez okno samochodu, nie słuchał jej podnieconej paplaniny; zastanawiał się, co też jeszcze było w torbie — książki, fotokopie artykułów.

Zjedli przyjemną kolację z jej narzeczonym. Jego twarz kryła gęsta broda i okulary. Nie mówił po angielsku, przez co wydał mu się jakiś ponury. Profesor Andrews jadł czerwoną zupę z buraków z małymi pierożkami i uświadomił sobie, że to jest ten słynny „borszcz", o którym wciąż mówił jego dziadek. Jego dziadek urodził się w Lodz. Dziewczyna ze śmiechem poprawiała go. Powtarzała jak dziecku: „barszcz", „Łódź". Jego język był bezradny wobec tych słów.

Czuł się już mocno wstawiony, gdy dotarli w końcu do jakiegoś osiedla pełnego wysokich bloków. Wjechali windą na ostatnie piętro i dziewczyna pokazała mu jego mieszkanie. Była to kawalerka z małą kuchnią wciśniętą między pokój a łazienkę. Korytarz był tak mały, że nie mieścili się tam we trójkę. Umawiali się jeszcze hałaśliwie na jutro, dziewczyna obiecała przywieźć mu walizkę. Jej narzeczony rozmawiał z kimś przez telefon tajemniczym półgłosem, aż w końcu poszli. Profesor wyczerpany barszczem i alkoholem rzucił się na łóżko i usnął. Spał niespokojnie, chciało mu się pić, ale nie miał siły, żeby wstać. Słyszał jakieś hałasy na klatce schodowej, trzaskanie drzwi, kroki ludzi. Może mu się wydawało.

Obudził się i stwierdził z przerażeniem, że jest jedenasta. Z niesmakiem spojrzał na swoje wymięte ubranie. Wziął prysznic w małej, obskurnej łazience i niestety musiał włożyć nieświeżą bieliznę. Potem szukał w szafkach jakiejś kawy. Znalazł resztki w słoiczku po dżemie. Nie było ekspresu do kawy, więc zaparzył ją sobie wprost w kubku. Była zwietrzała, smakowała jak napar z kory. Telefon milczał, Gosha pewnie odbierała jego torbę. Z kubkiem kawy oglądał książki na półkach, wszystkie po polsku, w brzydkich, szorstkich dla oka okładkach.

Gosha nie dzwoniła, czas płynął powoli przez gęste, przegrzane, senne powietrze. Profesor podszedł do okna i zobaczył przestrzeń poznaczoną równymi bryłami budynków. Wszystkie miały ten sam kolor — szarego, rozbielonego nieba. Nawet śnieg wydawał się szary. Słońce świeciło nieprzekonująco.

Na ulicy stał czołg. Profesor Andrews otworzył okno, tak niesamowity to był widok.

W twarz uderzyło go mroźne powietrze. Przy czołgu kręciły się maleńkie sylwetki, niewątpliwie żołnierze. Nagle opanował go niepokój, może kawa była zbyt mocna. Wyszperał w kieszeni karteczkę z numerem telefonu Goshy i układał sobie grzeczne, ale stanowcze pytanie: dlaczego jeszcze się nie odezwała i co z jego torbą. W słuchawce nie było sygnału. Wykręcał numer jeszcze kilka razy. Potem wybrał numer do Anglii — to samo. Próbował wszystkich numerów, jakie przyszły mu do głowy. Telefon był popsuty, ale przecież pamiętał, że brodaty narzeczony wczoraj z niego dzwonił. Ogarnęła go wściekłość. Szybko ubrał się i zjechał windą na dół. Po godzinie błądzenia między blokami (wydawały się takie same) znalazł wreszcie inny telefon, ale zdał sobie sprawę, że nie ma polskich monet. Tylko dwa banknoty, nawet nie wiedział, czy to dużo, czy mało. Ruszył w poszukiwaniu miejsca, gdzie mógłby je rozmienić, ale jedyny mały sklepik, jaki znalazł, wyglądał na całkowicie opuszczony. Była w końcu niedziela. Pomyślał ze strachem, że zrobił niemądrze, wychodząc z domu, Gosha na pewno usiłowała go znaleźć, może już czekała na niego. Postanowił wracać i zrozumiał, że się zgubił. Nie wiedział, który z bloków jest jego blokiem. Nie pamiętał adresu. Co za lekkomyślność. Co za kraj. Zobaczył jakąś parę staruszków idących pod rękę i ruszył w ich stronę. Ale o co ich zapyta i w jakim języku? Minęli go, patrząc w inną stronę.

Błądził między domami, coraz bardziej zmarznięty i zrozpaczony. Nawet nie wiedział, kiedy zrobiło się ciemno. Trafił jakimś cudem na czołg, przy którym teraz płonął wesoło ogień w metalowym koszu. Żołnierze, którzy mieli broń na plecach, grzali przy nim ręce. Poczuł jakiś atawistyczny lęk i wycofał się szybko w ciemny park, ale dzięki temu czołgowi udało mu się zlokalizować swój blok — pamiętał widok z okna. Z ulgą znalazł się w swoim-cudzym mieszkaniu i zamknął za sobą drzwi na klucz. Była szósta, jego wykład właśnie się zaczął. Bez niego. A może właśnie z nim, może to jest sen, może to jest jakiś dziwny stan świadomości spowodowany zmęczeniem, lotem, pogodą czy kto tam wie jeszcze. Jego szkoła psychologiczna znała takie fenomeny.

Zajrzał do lodówki i znalazł tam kawałek zeschniętego żółtego sera, puszkę pasztetu, masło i dwa jajka. Na widok jedzenia żołądek przejął władzę nad systemem nerwowym profesora Andrewsa. Za chwilę wesoło skwierczał omlet. Największym prezentem, jaki profesor dostał tego dziwacznego dnia od życia, była butelka Johnny Walkera, którą kupił jeszcze na Heathrow. Nalał sobie teraz pół szklanki i wypił prawie duszkiem.

Następnego dnia obudził się wcześnie, dopiero szarzało. Leżał nagi w łóżku — postanowił szanować swoje ubranie i nie spać w bieliźnie — kto wie, na ile miała mu starczyć. Odczekał do siódmej i delikatnie podniósł słuchawkę telefonu. Nic. Telefon nie naprawił się, choć profesor miał taką dziecinną nadzieję. Czasem z rzeczywistością, która jest zresztą tylko projekcją psyche (tak utrzymywano w jego szkole psychologicznej), dzieją się dziwne rzeczy. Nalał sobie wody do wanny i leżąc w przyjemnym gorącu, obmyślił plan działania. Kupi plan miasta, znajdzie ambasadę. Potem wszystko będzie już proste. I zakupy, musi zjeść coś porządnego. Pełen wigoru ubrał się i zjechał na dół. Ruszył w stronę czołgu — stał przy jakiejś chyba głównej ulicy. Czołgu nie było. Za to ulicą przejechały wozy opancerzone, jeden za drugim, ze złowrogim warkotem. Przechodnie patrzyli na nie z jakimś dziwnym wyrazem twarzy. Z werwą zaczepił jednego z nich — mężczyznę w jego wieku niosącego wypchaną siatkę. Od razu, po spojrzeniu, poznał, że ten go nie rozumie. Skończył jednak swoje pytanie. Tamten bezradnie podniósł i opuścił ramiona. Profesor przeprosił go grzecznie i poszedł dalej tam, gdzie, jak mu się wydawało, słyszał szum wielu samochodów. Znalazł się przy dwupasmowej jezdni. Rzadko przejeżdżały nią samochody i czerwone autobusy. Nie wiedział, gdzie się zatrzymują, dokąd jadą, czy znalazł się w centrum, czy na peryferiach.

Postanowił posłuchać instynktu — była to jedna z ważniejszych przesłanek w szkole psychologicznej, którą reprezentował — słuchać instynktu, intuicji, przeczucia. Szedł chodnikiem, coraz bardziej zmarznięty, aż dotarł do placu, z którego promieniście odchodziły ulice. Było podejrzanie pusto, jakby nastało święto, a przecież to był poniedziałek czy wtorek. Z podnieceniem zauważył znajome słowo wśród rzadkich szyldów: BAR. Otworzył drzwi. Przez chwilę nic nie widział, bo szkła jego okularów pokryła mleczna warstewka pary. Przetarł je chusteczką i ujrzał ponure pomieszczenie z kilkoma obskurnymi stolikami. Przy jednym siedziała stara bezzębna kobieta. Nic nie jadła. Po prostu siedziała i patrzyła w szybę. Za kontuarem stała postawna dziewczyna w poszarzałym fartuchu. Nigdzie nie było śladów jedzenia, więc pomyślał, że może słowo BAR znaczy co innego po polsku niż po angielsku. Chrząknął niepewnie. Dziewczyna powiedziała coś do niego. Zapytał, czy mógłby coś zjeść. Spojrzała na niego ze zdziwieniem. Nie rozumiała go. Po chwili niezręcznego milczenia z zażenowaniem pokazał palcem na swoje otwarte usta. „Eat, eat, food", powiedział. Dziewczyna chwilę się zastanawiała, a potem zniknęła w półotwartych drzwiach. Wróciła z inną, starszą. Zawstydzony powtórzył jeszcze raz ten prosty gest. Kobiety zaczęły mówić coś do siebie szybko i gwałtownie. Wskazały mu stolik i za chwilę postawiły na nim: jedna zupę, druga talerz z dziwnymi kluskami.

Stały nad nim przez chwilę, aż upewniły się, że jedzenie znika w jego ustach. Było niedobre, bez smaku, a głód profesora ulotnił się. Pogrzebał widelcem wśród klusek i otarł usta papierową serwetką. Podszedł do kontuaru i podał dziewczynie banknot. Wydała mu sporą resztę, tak przynajmniej myślał — dużo banknotów i wiele monet. Wyszedł na ulicę, chcąc zapomnieć ten BAR. Czuł się ośmieszony, czuł się żałosny. Zapragnął znowu znaleźć się w domu na jedenastym piętrze, telefon na pewno się naprawił. Zobaczył autobus, który nadjeżdżał z przeciwnej strony i zatrzymał się kilkadziesiąt metrów od niego. Ludzie, przepychając się, wysiadali i wsiadali. Profesor w nagłym impulsie wskoczył do środka. Ruszyli. I nagle zrobiło mu się gorąco, bo autobus wcale nie pojechał tam, gdzie wydawało mu się, że powinien. Sprytnie zakręcił na placu i wjechał w jakiś krótki tunel, a potem nagle znalazł się na moście i profesor Andrews zobaczył w dole rzekę, którą płynęła leniwie lodowa kra. Wydawało mu się, że ludzie patrzą na niego z wrogością, więc usiłował się uspokoić, nie dać po sobie poznać, że nieoczekiwany postępek autobusu przestraszył go. Poza tym nie skasował biletu. Jeżeli na ulicach stoją żołnierze, to za to można pójść do więzienia. Tak, słyszał o takich przypadkach, kiedy ludzie przepadali na zawsze w więzieniach Azji. Wyskoczył z ulgą na najbliższym przystanku i od razu ruszył z powrotem. Strasznie wiało. Musiał zawiązać pod brodą troki czapki uszanki. Nos prawie mu odmarzł. Dotarł wreszcie do znajomego placu i odnalazł drogę do domu. Z zimna nie czuł palców, prawie biegł. Na ulicy zobaczył jakąś bardziej niż inne oświetloną wystawę. Podszedł do niej bardziej z tęsknoty do światła i kolorów niż z ciekawości. To był sklep, normalny sklep, gdzie na półkach stało mnóstwo kolorowych towarów. Widział przez wzmocnioną kratami szybę alkohole ze znajomymi etykietkami, puszki, słodycze, ubrania, zabawki. Nie było jeszcze późno, ale sklep był zamknięty. Usiłował odcyfrować tabliczkę z godzinami otwarcia. Zrozumiał, że sklep powinien być otwarty, ale był zamknięty. Patrzył przez szybę rozczarowany. Gdy tak stał, minął go jakiś człowiek, który niósł mizerną choinkę. Powiedział coś do profesora i zaśmiał się. Profesor odwzajemnił uśmiech, ale mężczyzna minął go i zniknął.

Człowiek niosący drzewko. To był jakiś omen, profesor nie wiedział jaki, bo nagle jego rozum odwykł od myślenia symbolicznego, psychologicznego, jasnego. Przez jego umysł galopowały teraz porwane, niekompletne emocje. Na przykład gniew, który zaraz zmieniał się w dziecięcą rozpacz. A potem nagle ogarniał go wewnętrzny, cichy śmiech. Demoniczny. Profesor Andrews był mistrzem w obserwowaniu własnych emocji, długo się tego uczył. Tutaj jednak ta umiejętność wydała mu się czymś zupełnie zbędnym. Zdał sobie jeszcze sprawę, że od dwóch dni nie powiedział żadnego sensownego zdania oprócz tego, którym zaczepił przechodnia, i żałosnego „Eat, eat, food".

Następnego dnia, gdy upewnił się, że telefon wciąż nie działa, znalazł czynny mały sklep na swoim osiedlu. Ten sklep był inny. Były tam tylko butelki z jasnym płynem, może wódką, i słoiczki z musztardą. Właśnie układano na półkach słoiki z czymś czerwonym. Uznał, że musi kupić to, co jest. Gdy wychodził, przywieźli właśnie chleb i sklep zapełnił się w ciągu kilku minut. Ustawił się w ogonku i sprzedawczyni bez pytania podała mu bochenek; zapłacił i odszedł. Widocznie jednak ciągnęło go do ludzi, pociągał go ciepły tłum ustawiony w długie kolejkowe wężyki, bo nie chciało mu się wracać od razu do ciasnej i pustej kawalerki. Zatrzymał się przy blaszanych stołach ustawionych wprost na chodniku, przed którymi ludzie posłusznie stali w ogonku. Patrzył na ich twarze, szukał wśród nich Goshy, może gdzieś tu była. Ludzie milczeli złowrogo. Byli poważni, spięci, jakby niewyspani.

Przytupywali. Najbardziej ponury naród świata. A mimo to przystanął koło nich. Nie, nie dlatego, że ich potrzebował, ale dlatego, że płynęło od nich zwyczajne ludzkie ciepło. Mroźne powietrze topniało od ich oddechów. Patrzył na opatulone sprzedawczynie, które odławiały z wielkich beczek dorodne szare karpie. Rzucały je wprost na wagę. Ryby trzepotały się na mrozie. Sprzedawczynie pytały każdego z kupujących: brzmiało to jak refren, jak mantra. Ucho profesora Andrewsa złapało melodię tej kantyczki i teraz śpiewało mu w głowie: „Żywą czy na miejscu?”. Profesor mógł się tylko domyślać znaczenia. Gdy klient potakująco kiwał głową, sprzedawczyni waliła w łeb ryby odważnikiem. Ryby znajdowały swoje miejsce spoczynku w rozdziawionych nicianych siatkach.

Przeszedł go dreszcz. Miał wrażenie, że bierze udział w religijnym rytuale. Zabijanie ryby. „Żywą czy na miejscu?”, te powtarzane słowa hipnotyzowały go. Zapragnął nagle włączyć się w tę okrutną powtarzalność i odejść z martwą rybą w siatce, jak wszyscy. Bezwiednie stanął w ogonku, ale gdy zobaczył mały, czteroosobowy oddział żołnierzy z psem, otrzeźwiał. Zawstydził się nawet. Ludzie w milczeniu odwrócili wzrok od żołnierzy. Patrzyli teraz na własne stopy albo gdzieś w powietrze. Profesor z rozpaczą pomyślał o swoim londyńskim gabinecie, o książkach i cieple elektrycznego kominka.

Pod jego blokiem na parkingu sprzedawano bożonarodzeniowe choinki. Ustawiła się do nich kolejka, ale dużo mniejsza niż tamta. Więc kupił choinkę. Szedł teraz z nią pod pachą do domu, wyglądał tak samo jak wszyscy. Sprawiło mu to nagłą radość. Pogwizdywał. Wjechał do swojego-cudzego mieszkania, usiadł w płaszczu i uszance przy stole i otworzył butelkę z jasnym płynem. To był ocet. „Mój Boże — pomyślał — niemożliwe, żeby to działo się naprawdę. Mam epizod psychotyczny. Coś mi się stało niedobrego". Starał się znaleźć ten punkt w czasie, kiedy to mogło się zacząć, ale jego rozum opierał się przed myśleniem. Wszystko, co sobie przypomniał, to apetyczne sandwicze w samolocie.

Dziwił się sam sobie, że tak dużo myślał o jedzeniu; jego umysł przyjmował te myśli nieporadnie — był przyzwyczajony, że myśli rozsiadały się w nim jak w wygodnych kanapach, kształtne idee, abstrakcyjne pojęcia. A teraz pamięć profesora zajął obraz sklepu za kratami z półkami pełnymi towarów. „To śmieszne, to niebywałe", myślał profesor, jak to on, z jakimś rozbawieniem, a zaraz potem z prawdziwym przerażeniem. Postawił choinkę pod ścianą w pokoju i przyglądał się jej cienkim delikatnym gałązkom. Z niechęcią zdał sobie sprawę, że musi coś zrobić, musi zacząć działać.

Spakował do walizki swoje rzeczy, zgasił światło, obrzucił jeszcze przedpokój ostatnim spojrzeniem i zatrzasnął drzwi. Zjechał windą na dół i usiłował teraz wrzucić do skrzynki na listy klucz od mieszkania. Był zdecydowany na wszystko. Musi znaleźć ambasadę. Nie ma innego wyjścia.

Przed domem natknął się na otyłego czerwonego na twarzy mężczyznę, który pomimo zimna odgarniał szuflą śnieg. Mężczyzna ukłonił się nieznacznie i powiedział coś, pewnie pozdrowienie. Profesor Andrews poczuł niespodziewany przypływ energii i nie dbając o nic, sam sobą zaskoczony, opowiedział mu o ostatnich dwóch dniach. Że mieszka na górze, bo przyjechał z Londynu na wykłady, że jego przewodniczka miała zadzwonić, ale telefony się popsuły, że czołg na dworze, zamknięty sklep, autobus, choinka, ocet w szklance. Tamten stał i patrzył uważnie na jego usta. Jego twarz nic nie wyrażała.

Potem jakoś znalazł się w małym, wypełnionym przedmiotami mieszkaniu. Z trudem dało się w nim poruszać. Siedział przy niskim stoliczku, pił herbatę ze szklanki z plastikowym uchwytem i raz po raz podnosił napełniany skwapliwie kieliszek. Wódka miała dziwny owocowy smak. Była tak mocna, że po każdym łyku profesorowi boleśnie ściskał się przełyk. Słyszał siebie, jak opowiada mężczyźnie i jego żonie (zaraz, otyła i różowa, pojawiła się z gorącą kiełbasą rozłożoną apetycznie na talerzu) o swojej szkole psychologicznej, o Założycielu, o przeczuciach, w jaki sposób funkcjonuje ludzka jaźń. A potem ogarnął go ten nagły niepokój, przypomniała mu się ambasada, więc bełkotliwie zaczął powtarzać to jedno słowo: „Embassy", „British embassy". „War", odpowiedział mu na to mężczyzna i w obie ręce chwycił powietrze tak, że prawie zmaterializowało się w karabin. Mężczyzna przysiadł, zmrużył oczy i wydał dźwięk naśladujący strzelanie. Ostrzelał pełne wiszących paprotek ściany. „War", powtórzył. Profesor chwiejnie ruszył do toalety i znalazł się w drzwiach kuchni. Na stole stała skomplikowana chemiczna aparatura pełna rurek i kraników. Od ostrego zapachu zrobiło mu się niedobrze. Delikatne dotknięcie gospodarza skierowało go do łazienki. Profesor zamknął za sobą drzwi, a gdy się odwrócił, zobaczył w wannie wielką pływającą rybę. Była żywa. Nie wierzył własnym oczom. Trzymał się za guzik u spodni i patrzył prosto w jej płaskie podwodne oko. Czuł się uwięziony jej wzrokiem. Ryba leniwie poruszała ogonem. Nad wanną suszyło się pranie. Stał tak chyba z kwadrans, nie mogąc się ruszyć, aż zaniepokojony gospodarz zaczął dobijać się do drzwi. „Szszsz...", uciszał go profesor. Patrzyli sobie w oczy z tą rybą. Było to przerażające i przyjemne zarazem, pełne sensu i jednocześnie absurdalne. Bał się i w jakiś dziwny sposób czuł się szczęśliwy. Ryba była żywa, poruszała się, grubymi wargami wypowiadała jakieś niesłyszalne słowa. Profesor Andrews oparł się o ścianę i przymknął oczy. Ach, zostać w tej maleńkiej łazience, w brzuchu wielkiego bloku, w środku wielkiego mroźnego miasta, być pozbawionym słów, nie rozumieć i nie być rozumianym. Patrzeć w sam środek płaskiego, cudownie okrągłego rybiego oka. Nie ruszać się stąd.

Drzwi otworzyły się z trzaskiem i profesor wpadł w ciepłe, mocne ramiona gospodarza. Przytulił się do niego jak dziecko. Szlochał.

Po chwili jechali taksówką przez zalane zimnym słonecznym blaskiem miasto. Profesor Andrews trzymał na kolanach swoją walizkę. Potem, gdy żegnał się z otyłym mężczyzną pod bramą ambasady, tamten pocałował go w oba nie golone od dwóch dni policzki. Co profesor mógł mu powiedzieć na pożegnanie? Chwilę ustawiał nieposłuszny, pijany język, a potem wyszeptał niepewnie: „Ziwo czi na miescu?". Polak spojrzał na niego zdziwiony. „Żywą", odpowiedział.

WYSPA

Szanowna Pani, dziękuję za dyktafon — przyszedł na poste restante nie uszkodzony, tak starannie go Pani zapakowała. Jestem Pani niezmiernie wdzięczny za ten gest zaufania. Cóż można zrobić innego dla człowieka, który chce coś Pani opowiedzieć, a jednocześnie nie ujawnia adresu; który dzwoni do Pani kilka razy, już zaczyna opowiadać swoją historię i nagle przerywa ją w pół zdania z niewiadomych powodów? Tak, dyktafon jest najlepszym rozwiązaniem. Nie umiałbym już posłużyć się piórem, mówiłem to Pani, nie dlatego, żebym nie potrafił pisać, ale z banalnego powodu mojego artretyzmu, który uczynił moje ręce bezużytecznymi.

Jak Pani zapewne wie (zdaje się, że wspominałem o tym przy kolejnym telefonie), napisałem historię mojej wojennej tułaczki. Książka się ukazała dobrych kilka lat temu i zatonęła w powodzi innych takich wspomnień. Pisałem ją dla ludzi, nie dla siebie, i w pewnym sensie — czego jestem teraz bardziej niż kiedykolwiek pewien — odpowiada ona oczekiwaniom innych. Inni ludzie są zawsze najbardziej niepewnym adresatem. Miałem wrażenie, że umiejscawiam te moje przeżycia w jakiejś wspólnej przestrzeni i przez to wszystko, co najbardziej osobiste, musiało ulec przykrojeniu, opakowaniu. Chciałem być zrozumiany i właśnie dlatego traciłem tylko czas, właściwie nie powiedziałem tam nic od siebie; nie powiedziałem najważniejszego. Podrzucałem zaledwie słowa, które mogą budzić w innych podobne skojarzenia, dokładałem się do budowania mapy przeszłości, wspólnej przeszłości, uogólniałem — i to jest pamięć, prawda?

Ale czasami zdarzają nam się rzeczy, które sięgają w jakieś głębie, są w poprzek ogólnie przyjętym rozwijanym wzorom, rzeczy, które robią na tej wspólnej mapie dziury i nie wiadomo, co zrobić z takimi faktami. Nie da się ich bowiem przypasować do żadnej Historii, zresztą brałyby ją wtedy w jakiś niebezpieczny nawias. Nie da się ich też zapisać jako zwykłej anegdoty, niewinnego wspomnienia. Ludzie nie życzą sobie takich dziwactw.

Sądzę jednak, że te „dziwactwa" są potrzebne nawet tym, co się przed nimi najusilniej wzbraniają. Wskazują granice realności, są zdarzeniami granicznymi między tym, co jest, a tym, co tylko może być. W takim sensie stawiają nas na baczność, są bębenkami, których monotonny dźwięk utrzymuje nas w stanie czuwania. Wie Pani, czego się najbardziej boję? Że świat mógłby być naprawdę taki, jaki się nam wydaje.

Chciałbym, żeby Pani zrobiła z mojej opowieści fikcję: wystarczy umieścić ją w tomie jakichś opowiadań, możliwie najbardziej fantastycznych. Zresztą Pani wie, jak to zrobić.

W 1944 roku po latach długiej wojennej tułaczki udało mi się dotrzeć z przyjacielem do Grecji. Tam załatwiłem sobie papiery i niedużym statkiem transportowym miano nas wraz z kilkudziesięcioma innymi uciekinierami przeszmuglować do Palestyny. Drugiej nocy podróży nasz statek został storpedowany. O ile mi wiadomo, nikt poza mną nie przeżył.

Pierwsze, co pamiętam — siedzę na plaży, którą pokrywają małe kamyczki pracowicie obrobione przez morze do idealnego kształtu kulek. Ciepły deszcz spłukuje ze mnie słoną wodę, boli skręcona noga.

Ale myślami wciąż jeszcze jestem na statku, jakbym w ogóle nie przyjął do wiadomości tego, co się stało. Wciąż stoję na dziobie, przy relingu i rozważam, czy przy skoku ściągnąć okulary i czy będę wiedział, gdzie płynąć. Słyszę wokół siebie głosy, krzyki pełne rozpaczy i strachu, potem plusk wody, gdy drobne, bezbronne postacie odrywają się od wielkiego ciała statku i skaczą do wody (jak nasiona jakiejś ogromnej rośliny, pomyślałem). Ten plusk brzmi prawie wesoło, jakby to była zabawa, a nie ratowanie życia.

Pamiętałem dobrze także mój własny skok i potężną, zagłuszającą wszystko myśl, żeby płynąć jak najdalej, i pamiętałem, że odkąd znalazłem się pod wodą, zatrzasnęły się nade mną wielkie wrota, zamknęły się drzwi. Stało się nagle cicho, zielono, czas gwałtownie zahamował, a potem opornie ruszył do przodu, lecz już w zupełnie innym rytmie, wolno, z namaszczeniem. Nie zamknąłem oczu może ze strachu, że nie będę świadkiem swojej własnej śmierci, więc widziałem teraz powolny, radosny taniec powietrznych bąbli prących ku powierzchni od ciał, które znienacka pojawiały się w zieleni, machały wolno rękami i nogami, a potem albo szły pchane tajemniczą siłą ku światłu rozlewającemu się jak rtęć na niebie tej wodnej krainy, albo zamierały znieruchomiałe w połowie drogi i tkwiły wpatrzone w dalekie, tajemne dno. Nad nimi unosił się złowrogo drżący cień, odblask statku, mroczna mgławica na rtęciowym niebie i ten kształt nabierał wielkości, konturów, potężniał. Tonął.

Dlatego płynąłem przed siebie, byle dalej. Potem zrobiło się ciemno, a ja uczepiłem się jakiejś deski, która mnie nieprzytomnego z wyczerpania niosła przed siebie.

Tak znalazłem się na plaży. Siedziałem, masując obolałą kostkę, aż wyszło na chwilę słońce, deszcz ustał i wszystko się rozświetliło. W kieszeni płaszcza wymacałem okulary — przetrwały.

Pomyślałem, że musiało tutaj dotrzeć ze mną jeszcze mnóstwo innych ludzi. Ta kobieta z kilkorgiem dzieci, zakochana para, chora starsza pani na wózku i jej syn czy opiekun, grupa młodych milczących ludzi, a także mój przyjaciel, Jakub, w takim samym prochowcu (dostaliśmy je za darmo od handlującej starzyzną Greczynki), z którym rozmawiałem, gdy ogłuszył nas wstrząs i potworny huk. Chwiejnym krokiem ruszyłem wzdłuż plaży, wypatrując wśród kamieni jakiegoś ruchu, i znowu w głowie miałem pełno tego hałasu. Kręciłem się w tę i z powrotem, podchodziłem ku morzu i zawracałem.

Plaża była pusta. Usiadłem w tym samym miejscu, w którym się pojawiłem, i pomyślałem jakoś nieoczekiwanie łagodnie, że będę czekał, aż tamci przybędą.

Siedziałem tak, aż zapadła noc. Wtedy dopiero położyłem się na kamyczkach osuszonych przez ciepły wiatr i usnąłem. Spałem niespokojnie; budziłem się co jakiś czas i lustrowałem pas morza aż po horyzont, ignorując ląd, który miałem za plecami. O świcie woda podniosła się i dotknęła mojej stopy, która już spuchła. Wtedy wycofałem się na skały.

Bardzo dobrze pamiętam te pierwsze godziny, nic z tego nie zapomniałem.

Pamiętam, że przychodziły do mnie małe kraby, stawały przede mną zadziwione, nieufnie poruszając szypułkowatymi oczami, a potem zmykały pod kamienie. Odwiedzały mnie drobne, skaczące owady i te także zawracały w końcu w swoją stronę. Słońce zamieniło moje ubranie w niewygodną słoną skorupę, która szczypała w skórę. Chciało mi się pić. Pomyślałem o deszczu, że słodka woda musiała zostać gdzieś w skalnych zagłębieniach, więc ruszyłem, kulejąc, w stronę trawiastych, skalistych zboczy i właściwie wtedy już zacząłem domyślać się, że jestem na wyspie. Może to był wszechobecny zapach morza, który napierał na mnie ze wszystkich stron, nie zmieniał się; może chodziło o wiatr, który nie przystawał, nie zwalniał, jakby ignorował ten ląd, jakby ten ląd był zaledwie nieważną, małą przeszkodą na jego drodze. Wlokłem się pod górę, sądziłem bowiem, że z góry zdołam ogarnąć moje położenie, że odsłoni się przede mną cała geografia tego niespodziewanego świata. A także — przede wszystkim — że spotkam innych.

Te pierwsze godziny, pierwsze dni cały byłem czekaniem na innych. Zamieniłem się we własne zmysły — we wzrok i słuch. Siedziałem w połowie drogi na szczyt wzgórza, pod rozgrzanym od słońca kamieniem, i patrzyłem w morze. Lustrowałem je z nadzieją, że znajdę na jego niestałej powierzchni jakiś ślad, kanciasty kształt szalupy, fragmenty pokładu, choćby jakieś śmieci, deski, skrzynki, cokolwiek; że na horyzoncie pojawi się bezpieczny, prawie ludzki kształt jakichś kutrów ratunkowych, frachtowca, że przeleci samolot. Szczypały mnie oczy od tego patrzenia, ciekły mi łzy. Prochowiec sechł na kamieniach, a na jego gładkiej popelinowej powierzchni osadzały się kryształki soli.

Dopiero wieczorem poczułem się głodny i spragniony, więc wróciłem ku morzu z nadzieją, że złapię jakąś rybę. Udało mi się znaleźć słodką wodę — było jej aż nadto w małych, bagnistych zagłębieniach skalnych. Całą noc tkwiłem przy jednym z nich, bojąc się odejść, wpatrzony w morze. Rozgwieżdżone niebo stanowiło kontrast z ogromną, rozlaną w ciemności wodą. Nigdy nie widziałem tak doskonałej czerni, przez całe życie mieszkałem przecież w mieście, i nagle poczułem się mały, drobny, nieistotny, kruszyna, która jakimś cudem przetrwała katastrofę. Poczułem, że to, co się stało, jest równie okrutne dla tych, którzy zginęli, jak i dla tych, którzy przetrwali, bo ani w śmierci jednych, ani w życiu drugich nie było nic personalnego, nie dokonywał się żaden wybór, nie działała żadna predestynacja, a tylko mechaniczne prawa przypadku, głuche, metaliczne, dudniące jak odgłosy wielkiej kosmicznej machiny. Czarny bezmiar morza obnażał tę straszną prawdę — nie ma znaczenia, że się istnieje. „Nie ma" i „jest" są równouprawnione. Wtedy, w tej chwili grozy, pomyślałem, że umarłem, że utopiłem się i to jest właśnie to, co tak łatwo mi kiedyś przechodziło przez usta w kawiarnianych dyskusjach — życie pozagrobowe. Że jestem martwy.

Siedziałem w tym samym miejscu cały następny dzień i jeszcze jedną noc. Bez jedzenia, w stanie całkowitego przerażenia, które mnie paraliżowało. Podczołgiwałem się tylko do skał, żeby napić się słodkiej wody, a potem znowu popadałem w odrętwienie. Moje myśli powoli zanikały. I ta pustka, która rozprzestrzeniała się w mojej głowie, była jak nasączony lekarstwem bandaż. Dialogi, które prowadziłem w głowie, zacinały się na jednym zdaniu, powielały się ze zgrzytem. Powtarzałem na przykład: „Kocham cię i nigdy nie przestanę", ale w gruncie rzeczy wcale nie wiedziałem, do kogo się zwracam. Nawet nie szukałem w myślach adresata dla tego zdania, ale, co dziwne, mimo wszystko, porządkowało ono wewnętrznie tę pustą przestrzeń we mnie, ustalało mnie na nowo. Albo mówiłem: „Proszę bardzo, proszę bardzo", ale nie jakbym o coś prosił, lecz raczej jakbym chciał na coś wskazać. Proszę bardzo, oto jest to czy tamto, proszę bardzo, tutaj mamy wyspę, a tam wodę. Proszę bardzo, oto jestem sam. Proszę bardzo, to już koniec. Teraz wiedziałem już, czego się bać — że zwariuję. Że z samotności, głodu i przerażenia postradam zmysły i rzucę się wpław na pełne morze.

Dokładnie, ze wszystkimi szczegółami, przypominały mi się ostatnie dni. Deszczowy port. Spotkanie z jakimś zarośniętym mężczyzną od dokumentów. Plik banknotów, które tamten wziął brudnymi rękami i liczył pod stołem po wielekroć. Smak chleba maczanego w oliwie — wspaniały po głodnej podróży. Jakub, nagle podniecony, ożywiony, gadający po ciemku w pełnym pluskiew hoteliku. Jak to będzie, gdy dotrą do słonecznych, bezpiecznych brzegów obiecanej ziemi. Poranne wyjście do miasta, żeby za resztę pieniędzy kupić jakieś jedzenie na statek. Stara Greczynka, która po prostu dała nam dwa płaszcze, niemal takie same — piaskowa popelina, kanciaste klapy i wielkie ebonitowe guziki. Potem czekanie kilka dni w hotelu. Szachy z papierków, narysowane ołówkiem na gazecie pola białe i czarne. A potem moje myśli przeskoczyły jeszcze bardziej w przeszłość i już byłem w moim ukochanym mieście. Kawiarnia, śliski blat stolika, kieliszek wódki. Śledź w oleju. Pączek polany lukrem, który leciutko pękał pod zębami. Marmolada w środku, sprężyste wnętrze żółciutkiego ciasta. Matka, gdy ją widziałem ostatni raz, pochylona nad kuchennym stołem i białe, posiekane ciało cebuli. I że musiałem wrócić z podwórka, bo zapomniałem rękawiczek i wtedy ona, jakaś niespokojna, przestraszona, kazała mi na chwilę usiąść na krześle, na szczęście. A potem widok pustego, rozbebeszonego mieszkania, szelest firanek, które poruszane wiatrem z rozbitego okna ocierały się pieszczotliwie o ściany. „Kocham cię i nigdy nie przestanę", powtarzałem znowu w myślach, jakby do matki, ale zaraz zobaczyłem Lilę, jej plecy w drzwiach, gdy wychodziła ostatniego wieczoru, i chyba mówiłem to jednak do niej, choć przecież wiedziałem dobrze, że nie żyła. Łkałem w piasek. Ziarenka przykleiły mi się do warg.

Zachodziło słońce; niebo było czyste, metalicznie intensywne, ostre jak brzytwa. Przeraźliwie puste. Podciągnąłem się na rękach tak, żeby oprzeć głowę o skałę. Spojrzałem w sam środek nieba. Spróbowałem wyobrazić tam sobie..., nie, nie czyjąś konkretną obecność, nie kogoś, nie Boga, ale po prostu coś więcej, niż widziałem, jakieś przestrzenie, nieskończoność. Spróbowałem się modlić. „Boże, ojcze nasz", powiedziałem, ale słowa wydobyły mi się z ust i zawróciły ku mnie, jakby odbite od szyby. Zabrzmiało to jakoś nienaturalnie. „Boże", mówiłem jeszcze raz, ale miałem wrażenie, jakbym wypowiedział słowo w obcym języku. I skrępowanie, że mówię do kogoś, o kim wiem, że nie istnieje. „Proszę bardzo, proszę bardzo, kocham cię i nigdy nie przestanę" — po tej próbie myśli wróciły na poprzednio ustalony tor.

Gdy to Pani teraz opowiadam, nie wygląda to dramatycznie, prawda? A jednak nigdy przedtem i nigdy potem nie czułem się, jak by to powiedzieć?, uwięziony. Nie na wyspie, nie w splocie tych dziwnych okoliczności, które sprawiły, że żyłem, że omsknąłem się śmierci i tkwiłem nadal w życiu, jak owad w kropli żywicy. Czułem się zamknięty w sobie samym, jakby to „ja", które uważałem do tej pory za coś ostatecznego i całkowicie realnego, ukazało się przez chwilę w prawdziwym świetle — byłem czymś, co zawiera w sobie kogoś innego. Byłem skorupką, łupiną, a tam, w środku domagał się już istnienia jakiś byt młody, niedojrzały, ledwie błoniasty, niegotowy, istnienie, które ma się dopiero stać, o ile mu się to w ogóle uda. Czy nie myślała Pani czasami, że nasze życie jest sprawdzaniem możliwości pojawienia się tej istoty, którą sami sobie stworzyliśmy jako prawdziwe „ja". I że sukces albo porażka, którymi to nasze życie oceniamy, polega w gruncie rzeczy na tym, na ile pozwoliliśmy tej nowej istocie w nas zaistnieć. Tak właśnie się wtedy czułem. Jakbym miał się rozpęknąć i uschnąć. Zastarzały strupek — tym byłem.

Obudziłem się w południe ze zmysłami wyostrzonymi z głodu. W małej zatoczce, gołymi rękami, udało mi się złapać dwie niewielkie rybki. Trzepotały się i nie wiedziałem, jak mam je zabić. Rzuciłem je po prostu kilka razy na skały, aż znieruchomiały. Chwilę jeszcze im się przyglądałem, czy naprawdę są martwe, a potem zjadłem je na surowo.

Dokładnie pamiętam tylko te pierwsze dni, właściwie godziny. Kiedy zjadłem ryby, czas ruszył z miejsca i następne dni popłynęły jeden za drugim, nanizane na jakąś powietrzną nić jak koraliki. Zlały się w jedno. Było tak, jakbym przez zjedzenie miejscowego pokarmu okazał aprobatę dla własnej sytuacji. Jakbym się zgodził na życie, które podsunęło mi się w postaci dwóch małych rybek.

Dni powoli stawały się coraz dłuższe, coraz cieplejsze. Najpierw poruszałem się tylko po plaży, nie przyjmując do wiadomości, że ląd może ciągnąć się dalej i dalej. Nauczyłem się szybko, że jeżeli ułoży się z kamieni niewysoki wał, woda zostawi mi w prezencie jakieś jadalne podarunki: rybki, kraby. Odkryłem także głazy w wodzie zarośnięte małżami — gdy zjadłem te małże pierwszy raz, natychmiast zwymiotowałem, ale potem nauczyłem się powstrzymywać ten niemądry odruch i galaretowate ciałka spływały bez oporu wprost do mojego żołądka, i w końcu stały się moim przysmakiem. Włócząc się w tę i z powrotem, miewałem napady paniki, dobrze pamiętam, bo to właśnie było najgorsze — zagrożenie nie szło z zewnątrz, lecz od wewnątrz. Strach, że się rozpadam, że nie istnieją już dobrze znane sytuacje, które pozwalały utrzymać mnie w kupie. Wtedy moje myśli znowu zaczynały galopadę i, żeby je uspokoić, musiałem powtarzać coś bez sensu. Od czasu do czasu próbowałem się modlić, ale zawsze w końcu czułem się przez to jeszcze gorzej. Niesmak — tak można to nazwać. Zawsze byłem ateistą, choć teraz to słowo jakby zbladło, posmutniało. „Panie Boże...", zaczynałem kilka razy półgłosem, wstydliwym szeptem, ale mój język był jakiś sztywny, nie mógł pogodzić się ze znaczeniem słów, które ostrożnie formułował. W końcu dałem spokój. Tak było lepiej. Gdyby Bóg rzeczywiście istniał, jak wytłumaczyłby się z tego wszystkiego?

Nauczyłem się rozpalać ogień za pomocą moich ocalałych okularów i piekłem na nim maleńkie rybki, a potem je chciwie zjadałem wraz z ościami. Wtedy miałem chwile chłopięcej radości — że daję sobie radę. Zacząłem też mówić do siebie, odruchowo. Mówiłem do siebie, jakbym był Robinsonem, zwracałem się do siebie „Robinsonie", i na dalszy plan schodziło to, kim jest ten, który mówi: Robinsonie. Było nas dwóch — jeden sprzed katastrofy i jeden po katastrofie. Jeden z przeszłości i jeden z najbliższej przyszłości, która z każdą minutą stawała się teraźniejszością. Był tamten, w płaszczu i kapeluszu idący ulicą Żółkiewskiego we Lwowie, i ten, tutaj, półnagi, kulawy. Mówiliśmy do siebie i w ten sposób utrzymywaliśmy jakąś namiastkę rzeczywistości.

Te pierwsze noce spałem na plaży, aż do snu, który wprawił mnie w przerażenie: w tym śnie odpływ zostawiał po sobie martwe ludzkie ciała. Plaża była nimi zasłana, leżały jedne przy drugich, jak ryby wystawione do suszenia. Wszyscy nadzy, wychudzeni, popielaci. Odtąd ilekroć schodziłem ku morzu, bałem się, że ich zobaczę, że morze w końcu wyrzuci moich towarzyszy podróży. Każdy obcy kształt na plaży powodował nagłe bicie serca, każda kłoda drzewa, każda skłębiona kupka morskich glonów.

Ten lęk, że morze jest krainą umarłych, mokrym Hadesem — idea, która nie istniała chyba w żadnej mitologii — trzymał mnie z dala od wody; strach, że między ciemnym, piaszczystym dnem a powierzchnią koloru rtęci unoszą się zmarli, więził mnie na lądzie. Ich stłumione szepty powodowane trudną do zrozumienia potrzebą dialogu, nawet po śmierci. Wpółprzymknięte oczy, wzrok, który nie stara się nadać sensu kształtom. Trwanie na granicy ciała stałego i zawiesiny. Tajemnica powolnego rozpuszczania się.

Ryby, moje jedyne pożywienie, też pochodziły z tego świata, więc gdy wyciągałem ze swoich pułapek ich trzepoczące, śliskie ciała, głód nie dawał się odróżnić od wstrętu. To był jakiś szczególnie przewrotny rodzaj kanibalizmu — tak to czułem. Karmiłem się śmiercią. Łapałem jej drobne okruchy, wyławiałem jej zimne, rybie cząstki i nimi syciłem głód. Moje ciało, jak skomplikowane laboratorium chemiczne, przetwarzało śmierć w życie, śliski, zamarły chłód w ruchliwe szorstkie ciepło.

Każda przyszłość sprowadzała się tutaj do jednego obrazu — po długiej nocy morze wyrzuci martwych. Morze nigdy nie przynosi nic żywego — taka zdaje się jest natura morza. Wyrzuca na brzeg tylko to, co martwe: gnijące glony, bezbarwne, omdlałe meduzy, pobielałe od rozkładu ryby, oślizłe patyki.

Dlatego w końcu opuściłem plażę. Nie wiem dokładnie, kiedy to się stało, ile czasu upłynęło, dwa, trzy tygodnie. Obwiązałem sobie wciąż spuchniętą, bolącą nogę rękawem oderwanym od podkoszulka i ruszyłem w głąb lądu.

Wznosiłem się coraz wyżej i wyżej, a wraz z moją wędrówką rosło też morze. Gdy osiągnąłem jeden ze szczytów, okazało się, że jest bezkresne, że rozmywa się gdzieś przy niebie, że nie ma końca. Wtedy to zdałem sobie sprawę, że jestem na wyspie.

Czy słyszała Pani o pewnym fizycznym prawie, które mówi, że jeżeli cząstka znajdzie się w ograniczonym obszarze przestrzeni, reaguje na to uwięzienie ruchem okrężnym? Wtedy nie miałem o tym pojęcia, a nawet gdybym to prawo znał, nie sądziłbym, że tak łatwo można je przenieść ze świata atomów do świata ludzi. Kilka razy podejmowałem wspinaczkę na skalisty, podwójny szczyt wyspy i za każdym razem nie udawało mi się to. Wyrastały przede mną cierniste krzaki albo napotykałem jakieś nawisy skalne, tak że musiałem je obchodzić, zbaczać z zaplanowanej trasy. I zawsze w końcu po długiej wędrówce znajdowałem się w miejscu już znanym, w punkcie wyjścia. Może dlatego zacząłem podejrzewać ją, wyspę, że ukrywa coś przede mną, że nie pozwala mi poznać swojego środka, że ukrywa przede mną jakiś skarb.

Och, jak tęskniłem do miasta, do niskiego nieba nad dachami pełnymi kominów, do zapachu węglowego dymu, zimnego odblasku latarni kładącego się świetlistym szronem na bruku, do stukotu dorożek, warkotu samochodów, ocierania się ramieniem o przechodniów. Tęskniłem do momentu, gdy z chłodnej ulicy wchodzi się w ciepłą, gwarną i pachnącą dymem przestrzeń kawiarni albo ruchem ręki przywołuje zbłądzoną taksówkę, żeby ta zawiozła do intymnej muszli mieszkania, w której wszystko jest dobrze znane, jak własne ciało.

I jeszcze jedna rzecz — poczucie nasycenia właściwe miastu. Miasto nie pozwoli umrzeć z głodu. Zawsze w perspektywie pojawi się jakaś restauracja, dobrze, nawet garkuchnia, nawet tania ciastkarnia, gdzie można kupić lukrowany po wierzchu pączek, nawet stara Żydówka, która sprzedaje bajgle.

Tutaj pogodziłem się już z monotonnym poczuciem głodu. Głód był przypisany tej wyspie jak ogrom morza i wielkie niebo. Ryby nigdy nie mogły mnie naprawdę nasycić. Ani te ostrygi, ani sfermentowane, na wpół zgniłe figi, które ocalały gdzieniegdzie. Tęskniłem do chleba, do mąki, kaszy. Myśl o pączku powodowała ślinotok. Patrzyłem na zeszłoroczne trawy i ich stare nasiona. Jak długa jest droga od ziarna do pączka z lukrem na wierzchu. Trudna do uwierzenia.

Jedyne moje dobre sny to były sny o jedzeniu. Jadłem we śnie i może dlatego nie umarłem z głodu.

Tu na wyspie śnienie zajmowało mi dużo więcej czasu niż kiedykolwiek przedtem. Kiedy rano po przebudzeniu nie wypowie się kilku słów, obojętnie do kogo — nawet do telefonu — żeby rytualnie ustanowić więź ze światem, nocne śnienie nie ustaje; w tym sensie sen nie jest przeciwieństwem jawy, lecz słów, więc, gdy po przebudzeniu nie padną pierwsze słowa, śnienie przenosi się niepostrzeżenie na godziny przedpołudnia, a z czasem umacnia się tak, że potrafi wytrwać do wieczora. Potężnieje zazwyczaj w mroku, gdy zajdzie słońce. Wtedy, kładąc się spać, właściwie już się nie usypia, bo przecież się śpi cały czas — po prostu zamyka się oczy i odpoczywa. W takim stanie widzi się rzeczy, które normalnie budziłyby niepokój, wytrącały z równowagi. Muszle — doskonałe w kształtach, symetryczne, o metalicznym poblasku, jakby wytoczone przed wiekami przez najbardziej precyzyjne tokarki i ułożone na piasku w proste geometryczne figury — trójkąta, kwadratu czy gwiazdy. Albo linia fal na brzegu — oczywiście sinusoidalna, perfekcyjna w powtarzającym się rytmie, obejmująca wyspę spokojną girlandą, której rytm dałoby się bez trudu zapisać matematycznym wzorem. Albo pasy kolorów na niebie przed wschodem słońca — od żółci po fiolet, jak w podręczniku optyki. Także runiczne znaki na obtoczonych przez morze kamieniach. Alfabet? Układałem je daleko od wody, poza zasięgiem przypływu, lecz kiedy o nich zapomniałem, a potem próbowałem odnaleźć — znikały.

Tak było też z moimi myślami. Pojawiały mi się w głowie jak śnieżne kule, im dłużej je toczyłem, tym stawały się większe, przemożne, obsesyjne, żeby potem nagle stopnieć zupełnie i przepaść. Właśnie tak stało się z pomysłem szałasu. O niczym innym nie myślałem przez jakiś czas — planowałem, udoskonalałem, aż siła wizji była tak wielka, że wziąłem się do roboty. Myśl zniknęła, gdy położyłem dach i dwie ściany. To wystarczyło. Idea szałasu zbladła, zmęczona sama sobą i nie znalazłem już potem w sobie żadnej motywacji do dokończenia budowli.

Wyspa była podłużna — z morza wystawały dwie ogromne skaliste niesymetryczne piersi. Jeden szczyt był łagodny, kamienisty, porośnięty trawą. Drugi był ostrą skałą.

Pomiędzy wzgórzami ciągnęła się lesista dolina. Kiedy zdecydowałem się tam zejść, nie spodziewałem się, że znajdę takie cuda. Był tam bowiem strumień, który spływał u ostrej góry, z nieba, pięknymi wodospadami, rozpryskując wokół wodną mgłę, potem płynął wśród wielkich płaskich głazów, aż trochę niżej uspokajał się w płytkim, słonecznym jeziorku. Dalej, już leniwie, woda spływała jeszcze niżej, tworząc staw wielkości boiska, i była tak lazurowa, że jej kolor wprawił mnie w osłupienie. Musiałem mrużyć oczy przed tym niespodziewanym wybuchem koloru. Stąd strumień rozbijał się na wiele mniejszych i łagodnym zboczem wpływał do morza po wschodniej stronie. W tej słodkiej wilgoci rósł las pełen pnączy, wilgotnych mchów, bagiennych oczek. Stare przegniłe drzewa tworzyły bujne, pachnące poszycie. Tak to wyglądało.

Nikt by nie posądził skalistej wysepki o taki prezent w samym jej środku, wilgotny, intymny zakamarek, porośnięte zielenią sekretne miejsce, czułe i wyrafinowane. W płytkim jeziorku o zupełnie białym dnie roiło się od ryb. Gdy wszedłem do wody, nie uciekały, przepływały wokół mnie zdziwione tym obcym kształtem, tak że mogłem je głaskać po grzbietach — wtedy nieruchomiały na chwilę zaskoczone, że istnieje coś takiego jak dotyk. Woda była dziwna w smaku, wapienna, mineralna. Zrozumiałem, że skała, z której spływa, zbudowana jest z jakiegoś rozpuszczalnego minerału, to dlatego gałęzie, które wpadły do wody, obrastały po jakimś czasie białym, fantastycznym nalotem soli.

Zrobiłem z podkoszulka sakwę i nałapałem w nią łagodnych ryb. Potem najedzony leżałem na płaskim kamieniu i przyjmowałem defiladę tych, które oszczędziłem. Potem spałem. Potem budziłem się i oba jeziorka ciemniały, lazur zamienił się w intensywny granat. Było za późno, żeby wracać na dół, więc cofnąłem się ku rozgrzanym za dnia, prawie pionowym skałom, znalazłem niszę, jakby przygotowaną na wstawienie posągu, i siedziałem tam, aż zrobiło się całkiem czarno i noc ogłuszyła mnie milionem dźwięków — jakby cząsteczki ciemności pękały tuż przy uchu ze zgrzytliwym cykaniem.

Rano obudziłem się skostniały od niewygody tego skalnego łoża. Kąpałem się w jeziorze i gdy schnąłem na młodym słońcu, widziałem, że wapienna woda zostawia na włosach biały osad. Wyglądałem, jakbym osiwiał. Mamrocząc przeprosiny, łapałem rękami rybę i zamykałem w dłoniach, gdy trzeba było nadziać ją na patyk — rzucała się zdziwiona i wściekła na tę nielojalność. Rozpalałem ogień i pilnowałem go, żeby przetrwał do wieczora. Brodziłem w przybrzeżnych szuwarach i odkrywałem, że sitowie ma jędrne białe łodygi, słodkie w smaku, delikatne jak szparagi. Znalazłem gniazdo ptasie z kilkoma nakrapianymi jajeczkami — wziąłem dwa, licząc, że ptaki nie zauważą straty. Gdzieś czytałem, że zwierzęta potrafią liczyć tylko do czterech. Długo oglądałem swoje ciało — skóra na ramionach piekła od słońca i bardzo schudłem. Teraz podobałem się sobie, bo zawsze byłem nieco otyły, i nawykowo wciągałem brzuch. Powtórzyłem gest zapinania guzika od marynarki, jakbym wstawał od stolika w kawiarni, żeby przedstawić się. „Nazywam się E.", mówiłem. „Robinson", odpowiadał tamten. Siedzieliśmy w kucki, milcząc, ale obecność tamtego niosła jakąś przyjemność. Potem jednak mara Robinsona znikła.

Zdarzały mi się dziwne rzeczy. Kiedyś w nocy obudził mnie jakiś wrzask, skomlenie. Między drzewami zobaczyłem światło — białe, niemrawe, mdłe. Zacząłem ku niemu podchodzić na drżących, ugiętych nogach, z kamieniem w dłoni, szczękając zębami. Było jak w tych filmach grozy, których tyle naoglądałem się przed wojną, byłem jak ich bohaterowie, którzy nie mogą powstrzymać się, żeby nie zejść do piwnicy, gdzie czai się morderca. Ciągnęło mnie w tę straszną, rozświetloną groźnie od środka ciemność. Moja śmierć będzie zaledwie końcem jakiegoś filmu, pomyślałem. Potknąłem się o korzeń i sądziłem, że tamto zaatakowało. Zamknąłem oczy. Długo leżałem, jakbym miał na karku zimną, diabelską stopę. Kiedy odważyłem się w końcu podnieść głowę, zobaczyłem, że to świeci kępa strzępiastych grzybów przyrośnięta do drzewa. Rano były już tylko po prostu białe.

Świecący grzyb, znak jakiejś żywej świetlistej obecności w czymś, co wydawało się po prostu martwe. Czytałem gdzieś o fosforze. Że próchno świeci. Ale ta wiedza nie miała się w żaden sposób do tamtego widoku, była po prostu przeczuciem jakiejś nieludzkiej obecności, chłodnej, plechowatej, zapatrzonej w siebie, zupełnie obcej ludzkiemu ciału.

Rano poszedłem tam z kijem i zamiarem zniszczenia mchu. „Kozia broda" — jak o niej pomyślałem — wyglądała niewinnie i nie było w niej nic demonicznego. Nie śmiałem podnieść na nią ręki.

Kiedy widzi Pani las, a w nim setki drzew, a na każdym drzewie tysiące liści, a w każdym liściu plątaninę żyłek, i wie się, że są tam duże roślinne komórki w osłonach z celulozy, a w komórkach jeszcze coś — ich składniki — a dalej atomy i, jak się okazuje, jeszcze cegiełki atomów — tak samo tam na wyspie wyglądała każda czynność. Zaczynała się od zamaszystej idei, jasnego i oczywistego planu — zbuduję szałas, pozbieram kije, gałęzie, wybiorę miejsce. Lecz gdy zaczynam pracować, każda czynność okazuje się nieskończona, jest podróżą w jakąś nie znaną mi przedtem przestrzeń, unosi mnie ku innym czynnościom, drobniejszym, bardziej kruchym, ledwie zauważalnym; niesie mnie ku innym myślom, czasem dziwacznym, czasem zaś tak prostym, że aż — wydawałoby się — nie nadają się do myślenia. Każda więc czynność składa się z nieskończonej liczby innych mniejszych czynności i one też są nieskończone. Na dodatek tworzą sieć, która działa jak precyzyjny rozkład jazdy — organizuje przesiadki, zmienia kursy i kierunki. Wyprawa po kłodę na plaży staje się mimowolnym odkryciem ujścia strumienia, kontemplacją łączenia się dwóch rodzajów wody. Konieczność związania dwóch patyków niesie odkrycie twardych, łykowatych traw i budzi marzenie o siewach, o zbożu. Głód, który wyrasta z tego obrazu, skłania do połowów, lecz łowię nie ryby, tylko płaski kamień, który będzie odtąd moim stołem; a jak jest stół, to rodzi się potrzeba siedziska... Dni utonęły w chaotycznych czynnościach. Przyrastałem do wyspy jak grzyb do kory drzewa. Być może, jak i on, świeciłem w ciemnościach jakimś białym, odbitym od nieba światłem.

Czasami, szczególnie gdy patrzyłem w morze, zdarzało mi się jeszcze myśleć o sobie, o mnie samym; moje myśli były wciąż pełne mnie, ciągle w pierwszej osobie. Ale już w tej pierwszoosobowej myśli było mnie dwóch — ten, który się martwił, i ten, o którego się martwi. Widząc to niespodziewane rozdwojenie, stawałem się trzeci — kim jest ten, który się martwi, i ten, o którego się tamten martwi? I z niepokojem dostrzegałem w sobie jakiś straszny przestwór złożony ze spekulacji, z myśli, z obrazów, z emocji. Przestwór dziurawy jak sito — wszystko przez niego przeciekało skądś dokądś, pojawiało się na chwilę i zaraz przepadało. Wielka, mętna, wzburzona rzeka, która płynie bez początku i bez końca, hałaśliwa, gniewna.

Zapyta Pani, dlaczego jej tak wszystko dokładnie opowiadam? Dlaczego nie przechodzę od razu do sedna sprawy, do tego dnia, w którym pojawiła się pusta z pozoru łódź? Dlaczego opisuję patyki i zachody słońca, i mój własny bezruch, i moje zanikające myśli? Dlaczego myślę, że to Panią będzie obchodzić? Dlatego że jestem pewny, iż każde najdrobniejsze wydarzenie miało nieskończenie ważne miejsce w tym całym łańcuchu doznań. Dopiero tam na wyspie, w jej sterylności dostrzegłem ów fakt — każda chwila jest na wagę świata.

Wędrowałem nieustannie, bez chwili odpoczynku, zakreślając nakładające się na siebie spiralne kręgi. Trafiłem do ujścia lazurowego potoku i wtedy zatęskniłem do obu jeziorek na górze, ale morze trzymało mnie przy sobie. Co by się bowiem stało, gdybym stracił je z oczu? Zostałbym na tej wyspie zamknięty, ukryty, pogrzebany żywcem. Morze dawało mi nadzieję. Musiałem okrążać wyspę jak we śnie. Codziennie wstawać do tego patrolu, jakby to był mój zawód.

Przejście za lazurowy potok odkryło przede mną inną stronę wyspy — bardziej płaską, o zboczach porośniętych oliwkami i gajami figowymi. Ucieszyłem się. Uświadomiłem sobie, że już szacuję zbiory — nieprzebrane. Zganiłem się za tę myśl — zanim dojrzeją, będę już przecież gdzie indziej. Bo zielone figi dojrzewały. Badałem ich miękkie zielone wnętrza, smakowałem końcem języka. I znowu — obmyślałem technikę suszenia na słońcu, jakbym jednak znał swój czas i rozciągał go w nieopisaną przyszłość. Obmacywałem twarde, pokryte srebrnym nalotem oliwki. Ich gorycz mnie zaskoczyła.

Przy okazji tych kulinarnych wypraw nagle zwróciłem uwagę, że gaje otaczają kamienne szańce, regularne, niewątpliwie usypane ludzką ręką. Tworzyły one nierówne zagrody i domyśliłem się, że kiedyś mogły być tutaj wypasane owce albo kozy. Serce zabiło mi silniej — właściwie nie wiedziałem dlaczego — czy z radości, czy z rozczarowania. Wróciłem do szałasu, ale nie mogłem już znaleźć tamtego spokoju, kiedy wierzyłem, że wyspa jest tylko moja. Być może mieszkał tutaj jakiś samotny pasterz-pustelnik. Była jakaś chata, palił się jakiś ogień, jakiś dym szedł w niebo. Regularne szańce były ordynarnym napisem, jak te wyrzynane w parkach na drzewach: „Tu byłem".

Te stoki, tak, to musiały być resztki winnic — krzewy kiedyś pewnie posadzono równo, pod linijkę, teraz jednak nie dawało się już dojrzeć w chaosie karłowatych krzaczków żadnego porządku. Większość z nich zamieniła się w powykręcane czarne kije, uschłe od lat. Tarasy ostro schodzące ku morzu zatraciły wyrazistość, upodobniły się do naturalnego zbocza, kamienne szańce zarosły zielskiem, dzikimi jeżynami i wyglądały jak splątane zwojem drobnego kolczastego drutu. Szedłem wzdłuż tych naturalnych zasieków, starając się nie robić jakiegokolwiek hałasu. Było to trudne, bo suche patyczki, martwe kruche łodygi trzaskały pod stopami. Pomyślałem o ogniu — że strawiłby całe zbocze w ciągu kilku minut.

Spomiędzy tego buszu wyłaniała się jakaś droga, resztki drogi, a może po prostu miejsce po starym strumieniu — pas w miarę gładkiej ziemi prowadzący w poprzek zbocza. Kroczyłem teraz jej środkiem zupełnie cicho, ale za to zostawiałem za sobą ślady w pyle koloru ugru. To też było niepokojące — jakbym sam za sobą podążał.

Droga skończyła się tak samo, jak się zaczęła. Stałem na małym płaskowyżu o powierzchni kilku metrów kwadratowych, porośniętym kępkami ostrej trawy. Przede mną leżał płaski kamień otoczony innymi. Przypominał niewielki stół, a kamienie wokół — niewygodne siedziska. Tuż pod kamieniem znajdowało się zagłębienie, które mogło być tylko wyschniętym źródłem, a wokół niego tkwiły resztki półokrągłego murku. Dotknąłem dłonią rozgrzanej, chropowatej powierzchni kamienia i już chciałem na nim usiąść, gdy zobaczyłem wyryte tam znaki. Patrzyłem na nie przez chwilę, nie rozumiejąc. Dopiero po chwili dotarło do mnie, że widzę pismo, i cofnąłem rękę.

Ten napis, pierwsza rzecz niewątpliwie zrobiona ludzką ręką, przestraszył mnie. Wodziłem po nim palcem, zupełnie nie rozumiejąc jego znaczenia, i z rosnącym strachem przeczuwałem, że oto znalazłem się dalej, niż myślałem, gdzieś przy brzegach Afryki — pismo było egzotyczne, hieroglificzne.

Usunąłem ręką wyschnięte w szarą skorupę stare liście i zobaczyłem, że pod nimi jest jeszcze coś, już nie napis, ale rysunek. Nawet nie rysunek, płaskorzeźba delikatna i realistyczna, choć zniszczona przez słone morskie wiatry. Wciąż mam ją przed oczami i wiem dziś, że nigdy jej nie zapomnę. Jest to ludzka postać, smukła, lecz jakoś nieproporcjonalna. Nie, nie ludzka — postać ma bowiem skrzydła. I nie może to być anioł, sylwetka bowiem jest naga, ulotna, uchwycona w ruchu — dziecko, najwyżej młodzieniec z wyraźnie zaznaczonym znakiem płci. Jedna noga zgięta i uniesiona, jak do skoku, druga jeszcze dotykająca ziemi. Dłonie rozłożone w geście pełnym gracji, a w jednej z nich jakiś podłużny przedmiot. Ktoś skaczący, ktoś, kto za chwilę uniesie się w powietrze. Drobna podłużna twarz i wielkie oczy. Spoglądał na mnie mym własnym wzrokiem, a ja patrzyłem na niego jego oczami. To wrażenie było tak intensywne, że poczułem się jego wzrokiem uderzony, jakbym na chwilę stracił przytomność. Nieprzyjemny ból w dole czaszki, szum w uszach. Tak, potem myślałem, że dostałem udaru słonecznego na tym małym odsłoniętym, wysuszonym płaskowyżu, że zasłabłem z gorąca.

Do dziś nie wiem, co widziałem, kim była ta kamienna postać, na pamiątkę czego wykuto ją w kamieniu, co miała przedstawiać. Co głosił napis w nieczytelnym języku, czy cokolwiek znaczył. Co przedstawiała płaskorzeźba i bez względu na to, czy wyrzeźbiono ją z nudów, czy dla żartu, czy z powodu jakiegoś miejscowego kultu, wiem, że to nasze splątane spojrzenie, ten nagły, zaskakujący, potężny kontakt z czymś niepoznawalnym towarzyszy mi do dzisiaj. Wiele razy się nad tym zastanawiałem. Czy musimy rozumieć to, co widzimy? Czy musimy być pewni znaczenia, jakie niesie ze sobą znak?

Ogarnął mnie lęk. Wydawało mi się, że zaraz spadnie na mnie coś z góry i zmiażdży mnie, że zostałem odkryty i odtąd nigdy nie zdołam się już ukryć. Biegłem w stronę szałasu. Zabrać swoje rzeczy i uciec w górę. Może nawet zburzyć szałas, żeby nie zostawiać po sobie żadnego śladu. I co było najdziwaczniejsze — moje ciało zareagowało erotycznym podnieceniem — to też mnie przeraziło. Miałem bowiem wrażenie, że wymówiło mi posłuszeństwo, jakby przeczuwając obecność innych, choćby w przeszłości, powróciło do swoich starych, dobrze znanych rytuałów, znowu gotowe do łączenia się, do uczestniczenia we wspólnocie. Biegłem wzdłuż plaży, zostawiając za sobą ślady, które od razu pożerało morze. Gdy dopadłem szałasu, zacząłem pospiesznie zbierać moje marne rzeczy i uświadomiłem sobie, że to nie dawna obecność człowieka mnie tak przeraziła — ludzi można się albo tylko bać, albo ku nim garnąć, nie było innego rozwiązania — lecz przeraziła mnie ta obecność skrzydlata, nieludzka. Przypomniałem sobie świecący w nocy grzyb, jakieś wewnętrzne, nieruchome życie, które przejawia się niewyraźnym światłem. Teraz wydaje mi się, że i tamten kamień ze skrzydlatą postacią tak świecił w biały dzień. Ktoś zamknął w rysunku na kamieniu całą tę druzgocącą sprzeczność: coś jest martwe, a daje znak. Coś trwa w miejscu, a szykuje się do skoku, coś nie istnieje, a przejawia się. Coś, co jest nieżywe, mówi i przez ten akt komunikacji ożywia samo siebie. Na mojej wyspie pojawiło się coś nowego. Pełzło teraz za mną, domagało się uwagi. Zlizywało za mną moje ślady. Wydawało mi się, że wyspa w ciągu paru chwil podda się tej inwazji, da się przeniknąć temu bytowi, zostanie przez ten byt pochłonięta i zaraz ironicznie wskaże na mnie palcem, i powie: „Hej, ty tam, widzę cię". Gdyby to chociaż była zwykła tabliczka z nazwą tego miejsca, coś w rodzaju adresu pocztowego, kiedy żył tutaj ten ewentualny, domyślny pasterz, który poukładał kamienie na miedzach w oliwnym sadzie. Ale przeczuwałem, że ten kamień znaczy o wiele więcej, że jest znakiem odwiecznej obecności na wyspie czegoś nieludzkiego, nieprzeniknionego, nieoswajalnego i gdyby chcieć go opisać, trzeba by użyć jeszcze wielu słów zaczynających się od „nie". Że cokolwiek to jest — ono włada wyspą milcząco, skrycie, wszechobecnie.

W jednej chwili wyspa stała się obca, unieważnione zostało jej mozolne oswajanie, to cierpliwe poznawanie każdego metra plaży, lokalizowanie źródeł i miejsc, w których gromadzi się słodka woda, budowanie pułapek na ryby, misterna konstrukcja szałasu z patyków, wyprawy na drugą stronę, muszle suszone na kamieniach. Wszystko w jednej chwili stało się nagle czyjąś własnością, nawet białe ryby na górze miały już właściciela, a jego milczenie dodawało mu tylko grozy. Poczułem nagle na sobie jego wzrok i zawstydziłem się tej swojej groteskowej erekcji przy kamieniu. Chwyciłem kawałek swetra, który służył mi za poduszkę, i obwiązałem nim biodra. Nie oglądając się, ruszyłem pod górę.

Starałem się zapomnieć o tym, co zobaczyłem na dole. Zająłem się teraz budową nowego schronienia. Brzeg morza już mnie nie ciągnął. Jeżeli cokolwiek miało nadejść stamtąd, to tylko jakieś straszne rzeczy. Nocą, leżąc na swoim wymoszczonym suchą trawą legowisku, nie mogłem się uwolnić od przerażających obrazów. Ten pierwszy — martwi z morza, połączył się teraz z tym drugim — nagą kamienną skrzydlatą postacią. Oto ona skacze między topielcami, dotykając ich tym podłużnym przedmiotem, a oni ożywają jak zombi i snują się po plaży, czekając na statek, który ich zabierze z tej wyspy umarłych. Bałem się, że wariuję, dlatego przypominałem sobie miasto — wybrukowane ulice pozbawione choćby kępki traw, ich symetryczny plan, ich prawo i lewo, ich tam i tu. Rozświetlone wnętrza restauracji, dzwonki tramwajów. Wyobrażałem sobie bilet tramwajowy — jego oczywistość i prosty napis. Cena. Pieniądze, rozkłady jazdy. Kalendarz i znaczone na czerwono niedziele. Przypominałem sobie książki stojące w szeregu na półce, nawet ich tytuły. Ogłoszenia pstrzące kolorami solidne, krępe słupy. Nazwy ulic na emaliowanych tabliczkach. Świat pełen jednoznacznych wskazówek. Słowa i ich proste desygnaty. Słowniki, które cierpliwie, na zadrukowanych stronach utrzymują w porządku cały język, tłumaczą jeden na drugi. Bezpieczna obecność encyklopedii. Możliwość odczytania kamiennego napisu dzięki książkom, pomocnym bibliotekarzom, uniwersytetom, filologom. Obecność w świecie, w którym wszystko prędzej czy później podda się zrozumieniu. Wydawało mi się, że właśnie niemożność zrozumienia tego napisu jest najgorsza. Że gdybym znał sens tych kamiennych słów, nie bałbym się tak, mógłbym go oswoić, przejrzeć na wylot, wyczuć jego obszerność, zanurkować, dotknąć dna i wrócić. A tymczasem on, nie rozszyfrowany, rozrastał się w domysły podszyte lękiem, przerastał całą wyspę. A jeżeli te słowa znaczyły „śmierć" albo „diabeł" i sączyły teraz mroczne proroctwo, przeczucie najgorszego?

Którejś z tamtych gorących nocy niebo na północnym zachodzie rozbłyskało raz po raz. Wydawało mi się, że słyszę z daleka niski grzmot. Może to była jakaś daleka burza, myślałem z nadzieją, ale wiedziałem, że to są oczywiste odgłosy wojny. Więc trwała nadal, może nigdy się już nie skończy. Może jest stanem naturalnym?

Następnego dnia postanowiłem zejść jednak na dół — sam nie wiedziałem dlaczego. Schodząc, starałem się już nie myśleć o kamieniu z figowego gaju. Ale gdy zobaczyłem plażę, zdałem sobie sprawę, że przyciągnęła mnie tutaj myśl, którą ukrywałem przed sobą, pragnienie tak silne, że zaczęły mi drżeć ręce, kiedy się zabrałem do jego realizacji — zacząłem znosić na stos wszystkie patyki, jakie wpadły mi w ręce, nawet te przeznaczone na tratwę, także z góry i z gaju. Postanowiłem zbudować do wieczora wielkie ognisko i rozpalić je tej nocy. W ten sposób chciałem przywołać kogokolwiek, nawet jeżeli miałaby to być śmierć. Cały dzień znosiłem drzewo, nie dbając, że ranię sobie ręce i nogi. Poszedłem nawet dalej, lecz nie w stronę kamienia, i ciągnąłem po plaży suche, powykręcane stare oliwki. Wyobrażałem sobie greckich rybaków, którzy ze swoich łodzi dostrzegą ogień. Albo jakiś statek handlowy. Czy w czasie wojny te jeszcze pływają? Ach, niech to nawet będą żołnierze, choćby Niemcy. Niech mnie zabiorą choćby po to, żeby zaraz zastrzelić. Wydawało mi się, że cała wyspa patrzy na mnie z ironią. Robiłem jej na złość.

W południe zobaczyłem na wodzie jakiś kształt. Pojawiał się między oślepiającymi odbiciami słońca, zwodził oczy. Wpatrywałem się w niego bez ruchu, myśląc, że to jakiś szczególnie duży kawałek drzewa. Potem jednak zdałem sobie sprawę, że widzę łódź. To była pusta łódź. Wyglądała nierealnie, jak zjawa. Moje oczy odwykły od takich kształtów. Przestraszyłem się, że mam halucynacje.

Brnąc przez wodę, a potem płynąc ku łódce, byłem pewien, że będzie pusta. Że to jest tak, jak z tymi dwoma lazurowymi jeziorkami na górze, jak ze strumieniem słodkiej wody — gdy się o czymś intensywnie myśli, gdy się czegoś pragnie i tęskni — wtedy to się dostaje. Że dostaję w prezencie łódkę. Może zadziałał ten drobny, wyskrobany na kamieniu tajemniczy napis, może znaczył po prostu „łódź".

Pamiętam, jakie wrażenie zrobiły na mnie resztki farby na burcie, ludzki, ucywilizowany kształt czegoś, co zostało przemyślane i powołane do życia z zamysłem, z planem. Łódź znaczyła cały tamten zostawiony za mną świat — statki i porty, ale także bruki ulic i kawiarnie, wino i pączki, rozkłady pociągów i gazety, banknoty i pocztę, pralnie i teatry. Płynąłem do tej łódki nagle wybawiony od Robinsona — teraz wydawał mi się jakimś majakiem, śmiesznym w gruncie rzeczy, wcale nie strasznym. I myśli, znowu pojawiły się myśli, w całej swej mnogości i ruchliwości, jak ławice drobnych ryb balansujących w wodzie raz w jedną, raz w drugą stronę. Znowu pojawiłem się ja.

Z trudem udało mi się uwolnić bezwładny ciężar łódki z pułapki skał. Popychałem ją przed sobą, mocując się z falami, zachłystując morską wodą. Pchałem ją w lewo, gdzie, jak wiedziałem, było płycej i gdy dotknąłem stopami dna, szło mi już wyraźnie lepiej. To była moja największa zdobycz, drewniany wieloryb, arka, która uratuje mi życie. Woda wzbierała niezauważalnie i zdawałem sobie sprawę, że gdybym spóźnił się godzinę, łódź uciekłaby popychana przypływem.

Gdy dotknąłem stopami dna i mogłem już zajrzeć do łodzi, zobaczyłem to, co mnie najbardziej przerażało od początku, od wielu dni na wyspie, o czym śniłem i czego, prawdę mówiąc, spodziewałem się — w łodzi było ciało. Leżało twarzą do dna w chlupoczącej wodzie. Drobne, okutane w brązowy płaszcz z plamami soli, bez twarzy, bo ta ginęła w czerwonej od krwi wodzie i wśród czarnych, długich włosów. Puściłem łódź i w panicznym strachu rzuciłem się do brzegu. Chyba krzyczałem. Biegłem po gorącym piasku w stronę skał, upadałem i obklejony piaskiem ruszałem znowu. Wpełzłem do szałasu i stamtąd zobaczyłem, że łódź przybiła sama do brzegu i teraz rytmicznie, prawie kokieteryjnie ocierała się o piasek. Kusiła. Robaczywe jabłko. Owoc doskonały po wierzchu z robakiem zamiast słodkiego miąższu.

Zakopię ciało kobiety i zawsze będę omijał to miejsce. Wyspa będzie miała swój cmentarz, jak prawdziwa osada. Musiałem to zrobić. Nie było wyjścia.

Wstałem i powoli wróciłem na brzeg. Łódź zgrzytnęła o piasek, a ja, chudy i brodaty, stanąłem nad tym niespodziewanym, dziwacznym katafalkiem.

Musiałem wytężyć wszystkie siły — dopiero teraz okazało się, jak bardzo jestem słaby. Wyciągnąłem łódź na piasek i z zamkniętymi oczami chwyciłem ciało za ramiona. Było ciężkie od nasączonych wodą ubrań. Kiedy udało mi się przeciągnąć je do połowy przez burtę, oddzielił się od niego tłumoczek, zawiniątko. Straszny był ten głos — kwilenie, pisk. To niemożliwe, to niemożliwe, myślałem. Odwinąłem z poplamionego becika dziecko, niemowlę. Nie miałem pojęcia, ile mogło mieć dni czy miesięcy, nigdy chyba nie widziałem niemowlęcia z tak bliska. Wziąłem je na ręce z jakimś wzburzeniem. Waliło mi serce.

Było lekkie, drobne, niezdarnie się poruszało. Czułem ten ruch i ciepło małego ciała. Bałem się równocześnie, że je upuszczę albo ścisnę zbyt mocno. Odwinąłem je z wilgotnych, cuchnących pieluch i dowiedziałem się, że to chłopiec. Miał ciemne delikatne włosy, zamknięte powieki pełne niebieskich żyłek. Oglądałem je jak dziwaczną, złapaną przez przypadek niejadalną rybę, potwora morskiego. I właśnie jak taki okaz, odłożyłem je po prostu na bok, w cień skały. Żywe ludzkie dziecko.

Długo kopałem dół w piasku. Piasek zsypywał się z powrotem, ale obecność dziecka w cieniu skały dodawała mi sił. Nie mogłem go wziąć, póki nie pochowam jego matki. Wiedziałem też, że nie mogę zobaczyć jej twarzy. Nie mogłem pozwolić, żeby martwymi oczyma spojrzała mi w twarz. Słońce było już nisko, gdy udało mi się ją zakopać. Ułożyłem ją w tym płytkim grobie twarzą w dół. Nie zmówiłem nad nią żadnej modlitwy, nie współczułem jej, bałem się jej. W pewnym sensie nienawidziłem tego martwego ciężkiego ciała z twarzą zakrytą czarnymi długimi włosami. Obrzydliwy metaliczny smród krwi i śmierci. Bałem się, że jeżeli pozwolę patrzeć jej spod piasku w niebo, ona w nocy wstanie i zabije mnie. Demon na wyspie.

Myślałem, że powinienem był wykopać drugi mniejszy dołek, gdy szedłem ku skałom, ale z ulgą zobaczyłem, że dziecko kręci się i pojękuje, więc żyje. Delikatnie wziąłem je na ręce — główka chwiała się — więc je musiałem przytulić. Zaniosłem je do zagłębienia w skale, skąd brałem słodką wodę. Niezdarnie je podmyłem, a ono zaczęło płakać, ale jakoś słabo. Płacz przypominał kwilenie ptaka, budził we mnie tylko żałość, bo przecież rozumiałem, że nie uda mi się tak małego dziecka utrzymać przy życiu. Byłem zły na siebie — mogłem je po prostu zostawić. Nie słyszałbym teraz tego umierania. Wróciłbym za jakiś czas i zakopał je w piasku obok matki. Zapomniałbym. Ten niedbale wyryty na skale zarys bożka czy demona pobrałby swoją ofiarę, jak pobiera się podatek. Wziąłby sobie życie niemowlęcia z całą jego możliwą przyszłością i wzmocniłby się nim jak chory człowiek wzmacnia się rosołem. Wiecznie głodni bogowie i ofiary z ludzi składane dobrowolnie — jak to dziecko, i mimowolnie — jak ludzie ze statku.

Było gorąco, więc pozostawiłem dziecko nagie, żeby wyschło. Gdy tak patrzyłem na nie, nie miałem wrażenia, że patrzę na człowieka — było zaledwie małą gumową zabawką, znalezionym dziwacznym wytworem przyrody — gładkim i miłym w dotyku, lecz zupełnie nierzeczywistym. Poruszało się słabo, czasem, coraz rzadziej, otwierało oczy i wtedy błędnie patrzyło na refleksy światła w dziurawym dachu. Zrozumiałem, że muszę je zabić — to jest jedyne humanitarne wyjście — zamiast pozwolić długo umierać mu z głodu. Obmyślałem, jak to zrobię. Czy uduszę je pieluchami, czy — chyba to będzie najprostsze — zejdę na brzeg i chwilę potrzymam pod wodą. Potem zakopię w piasku. Będę miał swoje martwe ciała na plaży. Spełni się sen. Położę w tym miejscu kamyczki.

Ale wtedy dziecko zapłakało gwałtownie. Krztusiło się od płaczu. Wpadłem w złość i w pierwszym impulsie odszedłem ku morzu tak, żeby nie słyszeć krzyku. Tam odnalazłem swoje wodne pułapki i stwierdziłem z zadowoleniem, że nałapało się kilka rybek. Wyciągnąłem je z wody i ogłuszyłem uderzeniem o kamienie. Rozpaliłem ognisko, nanizałem rybie ciałka na patyk, jak korale, i piekłem je nad ogniem. Patrzyłem w stronę dziecka. Zacząłem palcami oddzielać białe mięso, gniotłem je w palcach, starannie wybierając ości, i taką miękką papkę mu zaniosłem. Nie umiało jeść, ale jego wargi pobudzone dotykiem stały się zachłannie ruchliwe. Otworzyło oczy i poruszało głową, szukając nieistniejącego sutka. Zacząłem płakać na głos z jakiejś strasznej, niesprawiedliwej bezradności. Dziecko zakrztusiło się rybą i teraz czerwone od kaszlu zanosiło się krzykiem. Jego płacz mnie uspokoił — wziąłem je na ręce i przytuliłem. Mała główka pokryta ciemnym puszkiem jak u ptaka, delikatne niebieskie żyłki. Kruchość. Usta dziecka z ożywioną gwałtownością szukające czegoś na szorstkim materiale spłowiałej od słońca koszuli. Poczułem łagodny skurcz wzdłuż całego brzucha — od piersi ku podbrzuszu, jak ostatnią najsłabszą falę orgazmu. Dobrze to pamiętam. Potem czułem to wielokrotnie. Było to tak, jakby moje ciało wewnątrz organizowało się na nowo. Przepływ prądu w nigdy nie używanym urządzeniu. Wzruszenie wyrażone ciałem, w ciele. Dziwnie przyjemne. Zaskakujące. Obce. Za duże dla mnie.

Z dzieckiem na rękach poszedłem do skał, gdzie była słodka woda, zdjąłem podkoszulek, umoczyłem jego kawałek w wodzie i ten mokry koniuszek włożyłem w usta dziecka. Zaczęło mlaskać, chciwie ssąc. Błądzące oczy utrzymały się przez chwilę na mojej twarzy. Chciałbym móc ocenić, co też tam pojawiło się w tych oczach, jakie uczucie, jaki wyraz. Nic — po prostu dziecko mnie zauważyło, zatrzymało na mnie wzrok. Zacząłem dla niego istnieć. I nagle podniecony odkryciem, że mogę chociaż ugasić jego pragnienie, moczyłem tasiemkę i dawałem dziecku do ssania, kilka razy, mechanicznie, dopóki dziecko nie zwiotczało i usnęło. Siedziałem, bojąc się ruszyć, aż ścierpły mi nogi, ale od tej chwili byłem gotów na wszelkie poświęcenia, nasze ciała jakby zrosły się ze sobą — tym musiał być ten skurcz. Poczułem, jakbym cały stawał się jedną, płaską powierzchnią zwróconą ku dziecku, jak ogromny żagiel wystawiony do wiatru, jak rozwarte oko kwiatu wpatrzone w słońce. Cały dryfowałem wokół tego małego ciała. Słońce powoli ocierało się o moje nogi, szło w górę, połykało mnie i spopielało. Pot płynął po nagich piersiach i łaskotał. Dziecko spało z otwartymi ustami, dotykając policzkiem mojej nagiej skóry.

Już Pani zapewne wie, co się teraz zdarzy, prawda? Ale ja nie wiedziałem. W tej jednej długiej, prześwietlonej słońcem chwili dziecko stało się czymś ważniejszym niż ja sam. Podbiło całą wyspę; także i ona była dla niego. Gdy ono umrze, wszystko zapadnie się pod wodę, tak właśnie będzie. Staniemy się Atlantydą. Przestanie mieć sens łowienie ryb i lunatyczne okrążanie wyspy.

Po południu, gdy dziecko znowu zaczęło kwilić, rozmoczyłem w wodzie znalezioną starą figę — wróciły resztki racjonalnego myślenia o cukrach prostych, jakichś fruktozach, czy co tam jeszcze jest — że będzie to wzmacniające, chociaż nie łudziłem się — to nie wystarczy. Może gdyby robić papkę z ryby i taką wodę z figi, białko i cukier. Łudziłem się, że mleko jest tylko zwyczajnym przyrodniczym rytuałem, może do przeżycia wcale nie jest potrzebne mleko matki. Lecz tym razem ono nie chciało pić, chaotyczny ruch warg nie odnosił skutku, był daremny. Słodka woda spływała po policzku i zatrzymywała się w małżowinie ucha. Ostrożnie ją wycierałem. Dziecko słabło z godziny na godzinę, miało zimne ręce i stopy, wyniosłem je więc na słońce, tylko liściem osłoniłem mu twarz. Przynajmniej będziesz przy nim, jak odejdzie — szlochałem. Przynajmniej, przynajmniej. Potem położyłem się koło dziecka, tak samo nagi, skuliłem się wokół niego i zapadłem w półsen pełen jakiegoś nabrzmiewania, morskiego przypływu pewności, że umrę, gdy ono umrze.

Obudziło mnie łaskotanie na skórze, niewyraźna pieszczota. Otworzyłem oczy i z ulgą stwierdziłem, że dziecko wciąż oddycha. Słońce przesunęło się znowu i leżeliśmy teraz wystawieni na jego pomarańczowe gasnące światło. Przewróciłem się na brzuch i wtedy poczułem ból, który już skądś znałem. Jakieś rozmyte wspomnienie zamajaczyło mi w głowie — wspomnienie letniego sadu, zapach czarnych porzeczek i agrestu dawno, dawno temu. To był ból piersi — taki sam, jak wtedy kilkanaście lat temu, ból chłopięcych obrzmiałych sutek, ironia natury, która dochodzi do głosu w okresie dojrzewania. W jakim celu mężczyźni mają sutki, dlaczego rodzą się z wypisanym na ciele znakiem własnego przeciwieństwa? Czy zastanawiała się kiedyś Pani nad tym?

Podniosłem się na kolana i spojrzałem na swój nagi, zarośnięty tors oblepiony piaskiem. Sutki spuchły, poczerwieniały. Gdy dotknąłem jednej, pojawiła się na niej kropla mleka. Tak samo było z drugą. Delikatnie otrzepałem z siebie piasek i już wiedziałem, że mam na ciele nie znane dotąd, czułe miejsce — dotyk przenoszony był tędy w głąb ciała w nowy intensywny sposób, bliski bólu; skóra wydawała się cieńsza, drażliwa, delikatna. Kiedyś słyszałem — albo mi się zdawało — że niektórzy mężczyźni pod wpływem słońca dostają laktacji. Nie, nie normalnej laktacji, tylko jakiejś namiastki laktacji, próbnej laktacji, udawanej laktacji, jakby ciało w swoich tajemniczych poczynaniach przypominało sobie swoje inne możliwości, inne wcielenia, uśpione potencjały. Patrzyłem teraz na nie, jakby było obcą istotą. Starałem się nie oddychać zbyt głośno, żeby go nie spłoszyć.

Nie było to przyjemne — to pierwsze dotknięcie obcych ust, choćby niemowlęcia. Nieporadnie podtrzymywałem dziecku głowę tak, żeby jego wargi znalazły się przy sutku. Ale dziecko było zbyt słabe, zbyt osowiałe, żeby ssać. Krople mleka zatrzymały się na wargach, a te wargi nie zareagowały. Może już było za późno, lecz w takim razie po co to wszystko? Palcem zagarnąłem taką kroplę i włożyłem dziecku do ust. Sennie poruszyło językiem, więc próbowałem jeszcze raz. Dotykałem wewnętrzną stronę ust, języka i podniebienia; drażniłem szorstkim palcem — i dziecko, jakby było maszynką, która się zepsuła, a teraz znowu zaskoczyła, otwarło oczy i chciwie poruszyło językiem. Wtedy znowu przyciągnąłem jego główkę i usiłowałem ich spotkać — sutek i usta dziecka. Nabrzmiały sutek nie był jednak tym samym co pierś. Wargi nie miały się czego uchwycić, ześlizgiwały się. Wtedy ścisnąłem skórę na piersi i mleko toczyło się teraz do wpółotwartych ust dziecka wielkimi kroplami. Było to bolesne, dotyk nieprzyjemny — jakby sutki okazały się nagle jakimś dawno zapomnianym organem zmysłowym, narzędziem jedynego zmysłu, który dostarcza informacji wprost do wnętrza ciała, bez pośrednictwa mózgu. Pani rozumie, jak trudno mi o tym mówić? Pani się musi domyślać, prawda? Zacisnąłem zęby, spojrzałem gdzieś daleko w stronę wzniesień na wyspie, jakbym wierzył, że piękny widok wybawi mnie od tego cierpkiego doznania bycia zjadanym. Gdybym zaufał bowiem odruchowi, cofnąłbym się z niesmakiem. Ale, widzi Pani, dziecko już ssało, pewnie i spokojnie. Jak w transie. Potem w jednej chwili usnęło.

To jest właściwie wszystko, co chciałem Pani powiedzieć. Siedziałem potem zgarbiony, przybity, ogłuszony tym, co się stało, jak po gwałcie, jak po jakimś strasznym sprzeniewierzeniu. Jakbym zgrzeszył. I właściwie teraz też się tak czuję. Proszę mi powiedzieć, czy spotkała się już Pani z czymś takim? Czy to możliwe?

W połowie lata dojrzały figi, a niedługo potem oliwki. Miałem teraz mnóstwo pracy. Zrobiłem też coś w rodzaju żniw. Nożem, który znalazłem w łodzi, całe dnie ścinałem kłosy czegoś podobnego do owsa i suszyłem to na słońcu. Po godzinach ścierania na kamieniu udawało mi się otrzymać proszek, który nazwałem mąką, i w końcu spróbowałem czegoś, co nazwałem chlebem — twardy placek upieczony w ognisku. Jesienią na wyspie przysiadały duże ptaki, jakaś odmiana gęsi. Nauczyłem się łapać je w sieć, którą uplotłem z pnączy. Od rana do wieczora zajmowałem się szukaniem, przygotowaniem i konserwowaniem jedzenia, choć przecież wiedziałem, że nie uda mi się przeżyć zimy. Wieczorami rozpalałem ognisko na plaży. Bezskutecznie. Zrobiłem sobie z prochowca nosidła na dziecko i szybko przyzwyczaiłem się do tego drobnego ciężaru.

Na początku listopada, po ośmiu miesiącach pobytu na wyspie, zapakowałem cały swój dobytek i zapasy żywności do łodzi i odbiłem od brzegu. Miałem szczęście, jesienne sztormy jeszcze się nie zaczęły. Po trzech dniach ciężkiego wiosłowania dopłynąłem do maleńkiej osady na sąsiedniej wyspie. Oboje ledwo żyliśmy. Nikt mnie o nic nie pytał, po prostu zajęli się nami. U tych dobrych ludzi przeżyliśmy zimę, a następnego roku znaleźliśmy się w Atenach. Po wojnie wróciliśmy do kraju. Wymyśliłem mu matkę, powiedziałem, że umarła dawno temu. Twierdzi, że ją pamięta. Mój syn żyje za granicą. Mam już wnuki.

Teraz Pani zapewne rozumie, dlaczego nagrywam się na tę taśmę, anonimowy, bez twarzy, bez nazwiska, zredukowany do głosu. Nie rozumiem tego, co się stało. Chyba jestem małym człowiekiem. A na koniec proszę o opisanie tego wszystkiego w szczególny sposób — to, czego pragnę najbardziej, to wierzyć, że nie stałem się ofiarą jakiejś anomalii, lecz że doświadczyłem cudu.

SPIS TREŚCI

Wydanie pierwsze w tej edycji

Opieka redakcyjna
Waldemar Popek

Korekta
Ewelina Korostyńska, Monika Ślizowska

Projekt okładki, ilustracja
Joanna Concejo

Opracowanie graficzne okładki i stron tytułowych
Marek Pawłowski

Redakcja techniczna
Robert Gębuś

Printed in Poland
Wydawnictwo Literackie Sp. z o.o., 2018
ul. Długa 1, 31-147 Kraków
księgarnia internetowa: www.wydawnictwoliterackie.pl
e-mail: ksiegarnia@wydawnictwoliterackie.pl
fax: (+48-12) 430 00 96
tel.: (+48-12) 619 27 70
Skład i łamanie: Infomarket
Druk i oprawa: Drukarnia Wydawnicza im. W.L. Anczyca

ISBN 978-83-08-06550-1